살어리 살어리랏다

해나루 당진別曲

'2014 당진
올해의 문학인
선정 작품집

살어리 살어리랏다
해나루 당진別曲

초판 1쇄 인쇄 | 2015년 1월 20일
초판 1쇄 발행 | 2015년 1월 30일

지은이 | 박미영
발행처 | (재) 당진문화재단
주　소 | 충남 당진시 무수동2길 25-21(읍내동1062)
전　화 | 041-350-2911
팩　스 | 041-352-6896
http://www.dangjinart.go.kr

펴낸곳 | 예옥
주　소 | 서울시 은평구 진흥로 43-2, 101호(역촌동)
전　화 | 02-325-4805
팩　스 | 02-325-4806
e-mail | yeokpub1@naver.com

ISBN 979-11-953594-0-0 03810

값 12,000원

이 도서의 국립중앙도서관 출판예정도서목록(CIP)은 서지정보유통지원시스템 홈페
이지(http://seoji.nl.go.kr)와 국가자료공동목록시스템(http://www.nl.go.kr/kolisnet)
에서 이용하실 수 있습니다.(CIP제어번호: CIP2015002742)

살어리 살어리랏다 —

박미영 시집

해나루 당진別曲

예옥

시인의 말

부러울 것 없는 자족의 삶입니다.
다복한 땅에서 겸허한 부모님의 피를 이어받아
소소한 기쁨들을 최대의 행복으로 허락받은 생입니다.
굽히지 않고 굴하지 않고
스스로의 정신을 자양분삼아
조금씩 꿈의 높이를 키우며 홀로 단단해져가는
시인의 삶.

그래서 제 삶의 터전을 시에 담아보았습니다.
당진 흙의 정기로 태어나 당진 물을 먹고 자라난 곳.
지금도 당진의 아이들을 가르치며 앞으로도 숨이 머물 곳.
당진 구석구석 제 발자국이 미치지 않은 곳이 없을 만큼
제 발걸음이 쓴 연서입니다.

당진문화재단에서 2014년 큰 선물을 주셨습니다.
'올해의 문학인'이란 면류관과 함께
이 시집이 밖으로 걸어 나갈 문을 열어주었습니다.

저에게 맨 처음 詩作을 권면해주신 신익선 시인님, 문학적
길로 이끌어주신 김재홍 교수님, 또한 기꺼이 평설을 맡아주
신 방민호 교수님 감사합니다.
선연선과(善緣善果)의 기쁨을 영원히 새기겠습니다.

이 시집이 걸어간 자리마다 더욱 더 강건한 평화로움이 가득
하기를 간절히 바랍니다.

2014년 12월 31일

저자 박미영

5

차례

1부 _ 희망의 성소, 당진

2부 _ 철을 만드는 동네사람들

3부 _ 용무치 밤바다

4부 _ 신리 성지의 아베마리아

1부

희망의 성소, 당진

희망의 성소^{聖所}, 당진

천년 학이 내려와 날개를 접는다
어머니 젖가슴 펼쳐놓은 아미산 구릉에 앉아
영웅바위 품고 달려온 서해를 만나면
솔뫼 정수리 달빛물결 넘치게 차오르는 곳
절망이 수직으로 갈라진 자리자리
사계절 푸르른 새 당진이 움튼다

아비의 손등 도타운 당진 흙에서 자라거라
이마를 비비고 엎드려 두 손 모으면
풀꽃 말랑말랑한 향내가 눈물을 닦고
어디선가 이 땅의 촉들 부스스 일어나
지상의 부름 받는 거룩한 소리 들린다
당진이다 여기는 당진이다
꺾인 나뭇가지에서 불꽃새순 자라고
검게 탄 재에서도 불길이 치솟는
새 소망의 생명자궁이다

아침 해 떠오르는 왜목의 백사장 메우며

꿈을 마중하는 희망의 성소聖所, 당진

당찬 당진이다

왜목 촛대바위

붉은 해송이 머리를 푼다

하늘과 땅의 거리 가까워지는 바닷물에

알몸의 제 그림자 뉘어놓으면

하늘의 붉은 씨앗 날아 들어와

촛대에 불을 붙인다

출렁출렁 초야의 여명이

입술 마른 여인들 불러대는

왜목 촛대바위

갈매기 하늘로 치솟을 때마다

두 손 모은 여자의 아랫도리 촉촉해진다

이 새벽 지나면 금줄 꼬는 시간이 곧 당도하리라

난지도 물떼새

갯바위 석굴 쪼는 검은머리물떼새
헌 부리가 새 부리 될 때까지
망치질에 깨지는 속살의 울음으로
제 몸을 수혈하는 새

평생 깨끼칼이 손에서 떠나지 않았다
갯벌에 앉아 굴 좆는 노부부
갈라진 손바닥 실금 사이사이 물떼새 울고

나지막한 푸른 섬 위로 저녁노을 붉어지면
활공하듯 나란히 두 어깨 대어본다
수척하게 저무는 한 생이 다른 생에 기대어

집으로 가는 길은 언제나 따뜻하다

노적봉露積峯의 태양

해와 달은 원래 한 몸이었네

둘이 포개져 숨어있던 어둠 속에

마고할미가 눈을 떴네

하품에 놀란 해와 달이 서로 떨어지자

기지개를 켜서 손톱으로 하늘을 갈랐네

서쪽 하늘로 밀려난 달이

동쪽 하늘로 튕겨나간 해를 따라갔네

해와 달은 서로 전력 질주하느라

수평선과 지평선에서만 만날 수 있었네

치마로 돌 날라 산과 바다 만들던 마고할미

당진 왜목의 노적봉에 앉아

바람과 비를 불러내었네

부지런히 뒤꽁무니만 쫓던 해와 달도

왜목에서는 빗소리 바람소리에 한 몸이 된다네

바다 한 끝에서 떠올라 다른 끝으로 지는 해

달이 치마끈 풀어 안고 물속으로 잠긴다네

해나루쌀

황소가 입안으로 걸어 들어온다

여물을 실컷 먹은 날

코뚜레에 꿰인 목숨들의 발걸음

박차버리고 싶은 세상이었을 것이다

뿔로 치받아버리지 못한 현실이 멍에 되어

묵묵하게 평생 받쳐온 들녘을 등에 지고

한 사발의 따사로운 밥이 되었다

지게 작대기 하나로 바꾼 아버지의 젊음이

뻘 논 옥토로 메운 어머니의 한 생을 위로하고

목울대까지 차오르던 고단한 하루와 몇 차례의 계절이

허물을 벗고 누운 밥상 위

나는 뚝심을 되새김질하는 것이다

소복하게 담긴 아버지와 어머니의 코뚜레를

숟가락 가득 퍼서 당신의 운명 속으로 걸어가는 것이다

오룡산 백사^{白蛇}

태생이 꽃뱀이다

산삼 잎사귀 이슬 두 모금이면

백사가 된다는 전설 따라

다섯 용이 지키는 오룡산 자락으로 들어왔다

서원사 예불소리에 똬리 풀고

비늘몸뚱이 바위에 문지르며

죄 많은 허물 벗고 싶었다

평생 배밀이로 기어 다니는 수모도 부족해

남의 발꿈치나 탐내는 치욕까지 얹어

세상에 빚지고 살 수는 없지 않은가

두 눈 붙여본 적 없다

산삼 향내 찾아 국사봉과 팔아산 송악산 옥녀봉까지

용의 발톱 피해가며 이슬만 찾은 시간이다

드디어 산삼을 발견했을 때

이미 늙어빠진 백사가 되어 있었다

스스로 생의 순례자가 되어 있었다

서해대교의 기억

옹골찬 척추에서 실을 뽑아 북극성에 걸고
왼쪽 실 끝은 내가
오른쪽 실 끝은 당신이 마주잡고
함께 가는 길 있었네

보이는 땅 끝에서 보이지 않는 하늘을 이어
만져지는 몸에서 만져지지 않는 마음까지
홀로 선 둘이 서로에게 이르는 길이었네

둥글고 깊게 속심 여무는 능금의 계절
서해대교 유년의 별 떠오르고
오래오래 잊고 있던 풀꽃반지의 기억
더 많이, 영원히 지켜주리라는

퐁당퐁당 바다를 가로지르는 불빛 손잡고
먼 먼 동화의 나라로 물수제비 날리는

아름다운 동행 있었네

삽교호 농부의 삽질

땅에 새 호적을 만드는 일이다
바닷물 위에 두둑을 세우고
물꼬를 트는 일

새로운 생을 허락할 구덩이 파고
흠집 투성이 삶의 고랑 메우는 일

한 번도 권력을 가져본 적 없는 농부들 삽질이
세상의 가장 큰 권력이다

날 저물기 전에
기울어진 세상 더 파내야 한다
삐뚤어진 세계의 한복판에
신념의 축대 다시 세워야 한다

삽들이 어깨 메고 늘어서 있다

방파제, 아버지의 굳은 살

아미산 길

뜀박질이라도 해야 살 것 같은 때가 있다
누군가 버린 나를 주워들고
어디든 올라서야 숨이 트일 것 같은 때

진달래 피는 중이었다
아직 설익은 분노 들킨 것처럼 화들짝 놀라
겨우 붙잡고 있던 나까지 놓쳐버리고
망망한 봄길 걷고 있었다

배고프면 산에 가서 진달래 따먹자던
유년의 계집애들은 지금쯤 산에서 나왔는지
폴짝폴짝 서툰 가위질에 파먹힌 단발머리 하고
입술 벌겋게 꽃잎 짓이겨먹어도
아름아름하게 지친 얼굴들은 헛배만 부르고

숲 속 누군가 나를 부르는 것 같아 뒤돌아보니

거기 내가 있었다

헝클어진 머리매무새 솔잎 빗질하며

배부른 아미산 길 올라갔다 천천히 내려오는

오봉제의 고니

거울로 날아드는 새 있다
혹한 휘몰아칠수록 눈부신 깃털로 허공 쓸며
지구 끝에서 용케 귀환해 마주 선 얼음 호수

태 묻을 곳의 자기장은
뼛속까지 가벼워진 다음에야 알아차릴 수 있는 신호
음인지
얼음조각 튕기며 가뿐하게 착지하는
눈보라 떼, 저들의 속없는 울음 마주보고 있다

가고 오지 않는 기다림보다
다시 돌아온 다음의 그리움이 더 커서
혼자 거울 닦으며 고개를 끄덕여준다
뒤돌아 가야 할 길도 알고 있노라고

그 호수 심중에 사과꽃 하얗게 떨어지면

뼛속까지 휘어지는 눈물의 의미 알려나

차가워질수록 내밀해지는 오봉제 발코니에 걸려

끅끅 허우적거리는 지구 반대편 그리움 하나

합덕제에서

젊은 날의 기억이 투신 중이다
연꽃 흔적만 남아 있는 물 위
조그만 돌멩이 하나에도
무수히 다시 돌아오는 물결 동심원들
나는 내게로 정확히 명중한다

때로 원하지 않아도 목표의 중심이 되고
간절히 원해도 주변 밖으로 밀려나는 생의 화살들
가끔 빗나가도 정확히 꽂힐 때가 있었다
스스로 과녁이 될 때라거나
또는 과녁이 어딘지 모를 때라거나

예당평야 한가운데서 길을 잃었다
젖냄새 따라와 머문 연못에서 다시 시위를 당긴다

먼 훗날 시윗줄에 걸려 저승 문에 닿으면

너 합덕제는 잘 다녀왔느냐?

할아버지의 할아버지 그 할아버지가 그리 질문하실 때

(항상 서 있는 곳이 합덕제였습니다)

아직 쏴 보지 못한 화살촉이 되어

*합덕제 : 죽어서 저승의 염라대왕 앞에 가면 "너 합덕제에 가 보았느냐?"고 묻는답니다. 가봤다고 하면 염라대왕이 고개를 끄덕이고 그러지 못했다고 하면 "생전에 무엇을 하였기에 그 유명한 합덕제도 가보지 못했느냐?"고 꾸지람을 듣는다는 전설이 있다.

성구미 바다

구름 낮게 드리운 날

내 몸 어딘가에 은빛 지느러미 붙어있어

바다 쪽으로 헤엄쳐가는가 보다

갈매빛 물결에 콧바람 섞어가며

어느 낚시꾼 바늘코가 쓸쓸한지

아가미 슬쩍 벌려주려 하는가 보다

흠칫 놀라는 척 갈대꽃 옆으로 길을 열고

한꺼번에 달려오는 노을도 이 바다에서는

누구나 아는 체하는가 보다

비오는 날 우산 받쳐준 팔뚝 굵은 그 남자와

첫 아이스크림 먹여준 눈빛 고운 그 아줌마랑

무르팍의 핏물 닦아준 어느 할머니가

마중 나와 기다려주는 곳

나는 은빛 비늘 몇 개 떼어놓고 걸어오는 것이다

성구미 그 바다에서는

기지시 줄다리기

나이테 없는 봄하늘 누가 잡아당기는가
겨울이 밟고 간 지평선 기꺼이 끌려오고
발자국투성이 먼 구름 길게 늘어서서 응원한다
용쓰는 바람의 눈가에 송화가루 난분분하면
목덜미에 땀이 흥건해진 구경꾼들
의여차! 의여차!
지네발 닮은 줄의 행간 팽팽하다
구부정한 어른들 더 낮게 휘어지는 등 뒤로
발꿈치 힘 모으며 이마 젖히는 아이들
지푸라기 한 올 힘이라도 보태야한다
조그만 힘줄과 핏줄 모여 동맥이 되고
그 푸른 심장을 달려갈 불씨들 모인다
암줄 숫줄 엮은 정받이 비녀장 꼽고
기지지 대동마당에 성화가 타오른다
의여차! 의여차!

줄 틀과 연못

땅에서 평생 산 참나무 베어지면
십 년도 못되어 갈라지지만
물속에 잠재워 깨운 참나무 줄 틀
오백 년 동안 동아줄을 꼬고 있다네

기지초등학교 앞 틀못에 잠긴
굴레머리, 굴레통, 사치미대, 삼발이
아이들 등굣길 하굣길 발자국 소리 귀 기울이며
낭창낭창한 그들의 꿈을 엮어주고 있다네

한 잠 자고 일어나
몸 뜨거워지는 봄이 되면
육천 명이 당길 지푸라기를 묶을 것이라네
발뒤꿈치로부터 손바닥까지 정기를 모아
검은 세상 옭아 겨룰 단단한 생의 오랏줄을

나 지금 물속에 눕고 있다네

별들의 발자국 소리에 눈떠지는 밤이네

영랑사影浪寺 풍경소리

이름대로 산다는 말 그대로 믿는다
방파제 모양의 산, 영파산
과거 그 이름대로 석문방조제 쌓아
당진 파도 막아내고 있지 않은가

영랑이 그 안에 산다
발끝까지 올라오는 바닷물 앞에 서서
물에 비친 제 그림자 들여다보고 있다
천근만근의 이름값 떠오를 때까지
섬이 되는 풍경소리

영랑사에서는 다람쥐도 두 손을 모은다
물끄러미 고개 숙이면
내 안의 물결소리 울울창창해진다

펜으로 희망을 빚은 사내, 심훈

빈틈없이 빼곡한 일과가 원고지에 묻히면
칸칸의 백지가 만월로 떠오른다

투르게네프의 작품을 좋아하고
구니키다 돗포의 부드러운 심장을 사랑한 청년
톨스토이처럼 신념과 행동이 일치된 삶을 살고자
펜으로 희망을 빚은 뜨거운 사내

174의 키에 62킬로그램의 몸무게를 실어
펜촉의 숨결로 물레를 돌렸다

오늘밤에도 소나무에 백자 하나 걸리겠다

한진 멧돼지 주의보

무려 천개의 보따리를 챙긴 채
한진 바닷가에 출몰하는 멧돼지 한 마리

더러운 입김과 거품이 뿜어대는
썩은 냄새 진동한다
창자까지 시꺼먼 야수의 피가
족보를 삼키고 순수혈통을 뒤엎는구나

저 몹쓸 심보따리 다 끄집어내어
서해 짠물에 치대어 씻겨주고 싶구나
저 두꺼운 엉덩짝에 소금 뿌려
흑석동 뜬 돌로 빠득빠득 밀어주고 싶구나

숨어라, 아직 어린 짐승들아!
피해라, 막 싹터 오르는 새싹들아!
언젠가는 거꾸러뜨릴 테지만

오늘만은 주의하라

하늘의 문지기가 모두 지켜보고 있단다

소들평야

후백제 군마의 울음소리 들린다
넉넉한 땅이 있고 물 있어
바람까지 덕을 모으는 곳
견훤은 이곳에서 어떤 기도를 드렸을까

등 구부리고 내리 살피는 소나무 향기와
우기일수록 더 곧게 뻗어나는 대나무 마디로
이 기름진 땅의 주인이 스스로임을 알게 하소서

자운영꽃 보랏빛으로 고개 내밀 때
해나루 첫 모내기가 열리는 너른 들판
초록의 땅에 희망을 이식하는 이앙기 소리
들리는가

햇살 따사로운 소용돌이에
견훤의 못다 이룬 마지막 꿈

색동의 아지랑이로 피어오를 날 멀지 않았다

2부

철을 만드는 동네사람들

면천 두견주

열일곱 영랑아가씨 밤마다 두견새 되어
백일 밤 피울음 토하며 울었다네

나라 세운 아버지 홀아버지
고두밥처럼 서서 말라온 병든 몸 구하소서
당신 몸에 박은 용수로 골육의 기름 짜내
그 기름으로 구국의 횃불 밝히셨으니
이제라도 바람 맑고 흙 고운 아미산 둘레길
함께 걷게 하소서

핏빛 눈물 진달래꽃 따다가
천 년을 이어온 안샘 물 떠다가
새벽별 담가 두견주 안쳐놓고
백일 동안 꽃보다 붉은 기도 드렸다네

진르르 달르르르 두견주 익는 소리에

아미산 초승달 볼살이 오르고

효심의 생명주 따르는 진르르 달르르르 소리

천만년 금강 물결의 맥으로 흐를 것이네

철을 만드는 동네 사람들

내가 어깨 맞댄 사람들이
나의 명함이고 나의 훈장이다

편백나무 숲에 들면
살아서의 천 년을 생각하고
소나무 숲에 들면
죽어서의 만 년을 생각한다

철이 모인 동네 사람들 숲에서
강鋼바람으로 꼿꼿해지는 힘
억만 년 기둥을 세우리라

송악 동네에서는
슬픔도 한눈을 팔지 않는다

해나루 연가

서쪽에서 바람 불면
바위산 깨치고 모래밭 길 걸어와
낮게 엎드리는 당신
초록물결 맨발로 뛰어나가
흰 두루미 긴 다리춤 추어요

하늬바람 거세어지면
오르막길 없을 강물에 닻을 올려요
한 번도 저어보지 못한 노를 포개어
한 번도 잡아보지 못한 키를 잡고
금지선 없는 강물에 배 띄워요

당신은 여합풍闔闔風의 대제大帝
희망의 돛을 달아
달의 뒤편으로 함께 건너가요

안섬 풍어제

발심지 떠난다, 떠난다

물 아래 참봉께 축원 드리러 떠난다

수천 명 소원지 달고 타올라 액막이 되리라

앉은 자리 복 되게 선 자리 명예롭게 하시고

짧은 명 길게 하고 긴 명은 더욱 길게 하소서

물 위 참봉께 받은 설움 다 가져가시고

땅 위 모든 부정 다 풀어주소서

진대할아버지, 진대할아버지

거리거리 낙성살 관문출입에 관문살 혼인대사에 주
살살

거리거리 홍액살 축월축일 축시에 드는 살 묘월 묘시
에 드는 살

신월 신일 신시에 드는 살 오월 오일살 유월 유일 살
모두 풀고

진대할아버지, 진대할아버지

한진 큰 할미 성구미 작은 할미 힘 모아

날마다 봉죽기 꽂았으면 좋겠네

하늘과 땅의 기운 고루 미쳐 붉고 흰 서리화

날마다 피었으면 좋겠네

날마다 피었으면 좋겠네

*안섬 풍어제 : 충남 무형문화재 제35호 안섬 풍어당굿 놀이로 지정
*발심지: 배가 첫 출항 시에 배에 있는 부정을 걷어내라는 의미에서 바다에
　　　　띄워놓고 태워 보내는 띠배
*진대할아버지 : 안섬 당집 신神의 이름
*봉죽기 : 만선의 기쁨을 알리는 상징적인 표식
*서리화 : 봉죽기에 매다는 꽃잎

한국 도량형 박물관

재어라, 재어보아라

한 홉의 생각과 두어 됫박의 행동과

서너 말의 인생과 운명을

눈금 지우고 균형추 없이 흔들리던 마음

생의 하중 견디지 못해

얼마나 피멍 쏟아 부으며 살았던가

한 눈금만 내려놓고 들으리라

한 치수만 넉넉하게 바라보리라

기준과 출발의 움터에 서 있다

난지도蘭芝島

청룡과 황룡 싸우면 누구 편들까

먼저 부탁한 친구에게 화살을 쏘지 못하고

빗나갔음에도 적중한 과녁

떨어진 황룡은 죽어 난초蘭草 되고

미안한 마음은 죽어 지초芝草 되어

난지도蘭芝島의 향기 되었다

맑은 사귐에 네 편 내 편 따로 없고

지란지교를 꿈꾸는 벗들

난지도에서는 네 마음이 곧 내 마음이더라

태백산 새벽달

원당동과 시곡동 사이 큰 소나무에 새벽달 걸렸다
차고 야문 신새벽 곱게 빗어 동쪽으로 가르마 내고
치렁치렁 검은 어둠 들어올려
날렵하게 흰 목선 위에 살풋 올려놓는다

아이야, 여명에 가방 메고 나가는 아이야
네 어깨가 무거운 태백산 같구나
한 번도 허물어져보지 않은 생이 어디 있을까
달도 차면 이지러져 아무도 없는 꼭두새벽에
혼자서 빗질을 하기도 한단다

제 가슴 제가 찌르지만 않아도
제 슬픔에 제가 허우적거리지만 않아도
아이야,
태백산에는 해도 달도 뜬단다
당진 태백산에 태양이 떠오르고 있구나

네 마음의 폐허에도 새살이 돋겠구나

봉학재 꽃상여

봉학재 큰 집 애기 시집갈 때
꽃가마 안에 종이요강 하나 넣었네
새색시 오줌 누는 소리 새지 말라고
하얀 닥종이 꼬아 엮어 검정 옻기름 바른
반질반질한 종이요강

친정집은 하늘에 묻고
시댁은 물 밑에 있어
종이요강 차마 쓸 일 없었네
경대 옆에서 시름과 한숨 모으던 눈물단지
아무도 모르게 혼자 채워지던 근심단지

보릿고개 걱정고개 눈치고개 다 넘고
흰 무릎에 풀물 들어 펴지지 않던 날
두 손 곱게 모으고 종이 관에 들어갔네

에~헤 에하 에헤에라

꽃상여 안에 종이요강 같이 들어가

불꽃으로 훨훨 타오르네

종이요강 연기 처음으로 친정마당 한번 더듬고

흰 나비 되어 나풀나풀 날아가네

*봉학재 : 송악면 봉교리에 있는 지명으로 봉학이 알을 품은 지형에서 유래했
으며 상여 요령소리가 전해 내려온다.

가치내, 그 섬 행담도

같이 갈까
밤새 뒤척이는 외딴섬

무거운 생의 본적 떠나
세상 한 바퀴 휘돌아 나온 물결
육지와 섬을 둥글게 이었구나

한 번 발길 들여놓으면
갇히는 섬 가치내
다시는 나오고 싶지 않은 그 섬에

한진 포구

실의와 절망이 들어오지 못하게
진입금지 팻말 가슴에 달고
생애의 목차를 다시 쓴다

저 멀리 해조음이 현실의 난해한 문장들을 읽어주면
깁스도 못하고 부목으로 견뎌온 포구는
말없이 밑줄 그으며 기록하고 있다

허름한 횟집 의자는 마침표가 되어야 하리라
바다장어의 야들한 뼈 하나 삼키지 못하고
썰물의 시간을 견딘다

곧 가로등 불빛들 줄지어 일어나
또박또박 번갈아 읽으며
짠물과 몸 섞는 본문 펼쳐지겠다

한진 영웅바위

이지함 선생의 한을 풀어주려는 것일까
나루터 발등에 늘인 긴 그림자 하나
서해대교 위에 보름달 떠오르면
영웅바위 등 돌려 한진 나루 향하네

무엇을 못해 낼까
임진왜란 때는 부속선 거느린 군함 되고
밤마다 칼 든 장수 되어 수군 거느린
정3품 바위 아니던가

아산만이 터질 줄은 알아도
언제 터져 육지가 바다 될지 몰랐던 토정 선생

대운이 올지는 알아도 언제 올지 몰라
한진 바다 찾는 사람들
영웅바위 향하여 빌면

온다고, 곧 온다고

달그림자 빌려 대답 주는

토정 이지함 선생

다불산의 합장

흑심 품은 손모가지 있거들랑 댕강 잘라라

심술궂은 발모가지 있거들랑 뎅겅 잘라라

다불산은 밤마다 지네가 된단다

몸통만 있는 오목한 산마루에

나쁜 손 사악한 발 스스로 달려와

팔다리가 되어준단다

남의 사지로 아흔아홉 날 해돋이 맞으면

다불산 잘린 목에 이목구비 생기고 숨이 돌아

흑룡 되어 승천한단다

거기 착한 손 미륵골의 합장이 지키고 있어

꾸불텅꾸불텅 용쓰는 검은 골짜기

제자리에 웅크려 깊어지는 것이란다

반성과 참회의 계곡 눈물 흐르는 것이란다

내경리 고래탑

서쪽 가장 깊은 해저에서 노닐던 고래 한 마리

아미산 진달래 꽃처녀를 짝사랑했네

달의 힘 빌려 밀물 되면

삽교천 물길 따라 우강 뜰까지 찾아와서

서산 꽃불 바라보며 몸살을 앓았네

갯물이 빠져나가는 것도 모르고

갯바위에 앉아 처녀 눈망울만 그리고 있었네

정신을 다해 한 여인 섬긴 후에

찬란한 무덤의 하얀 눈썹 되어

이제는 내경리 고래탑에 앉아있네

*우강면 내경리 고래탑제 : 내경리는 고래원이라 불리던 마을이었다. 매년 정
월 대보름 마을을 수호한다고 믿는 고래에 대한 위령제를 지낸다

구양도 북소리

구절양장 삽교천 지류가 흐르는 물가
가만가만 귀 기울이면
김종서 장군이 아끼던
청년 장수의 북소리 들린다

구양섬에 귀양 와서
초막집 짓고 북을 치던 사내
장수가 싸우다 죽는 게 아니라
정치의 희생양이 되어 죽는다면
그보다 억울한 일 있으랴
북이 아니라 제 심장을 두드렸네

구양도 다리 아래 강물은 흐르고
변함없이 세월도 흐르고
흐른다는 것은 돌아오지 않는다는 것이어서
억울한 가슴들의 북소리 그칠 줄 모르네

두둥 둥둥 둥 두둥

건곤일초정乾坤一草亭의 연밥

면천향교 문 닫은 휴일

仁 義 禮 智 信 다섯 글자만

교문 옆에서 복습하라 이른다

배워야 할 도리는 이미 유년에 다 배웠건만

아직 익히지 못한 초정의 연꽃은

가벼운 바람에도 흔들리고

진흙탕 속에서 살 올리고 뼈대 세운

무수한 연밥들

민초들의 주먹처럼 일어나 궐기하는데

하늘과 땅 사이 내 몸이 집이다

집 하나면 되었다 되었다

조용조용 타이르는 연암 박지원의 목소리

송산 회화나무

나를 안은 너의 줄기 우듬지에

내 붉은 혼을 심는다

너의 밑동부터 차근차근 타고 올라가

옆으로 뻗은 가장 긴 가지 끝에

내 푸른 혼을 매단다

하늘과 땅 바람 아우르며

오백 년 건넌 세월 동안 한 몸이던 우리

찰나의 눈빛으로 너를 읽고

체취의 기억으로 나를 품어

낙조의 그늘 속으로 함께 들어간다

대대손손 출세의 향연이 시작되는

송산 회화나무 아래

*회화나무 : 이 나무의 꽃은 장원급제한 사람에게 임금이 내리는 꽃이기도 했
으며 출세의 나무, 학자의 나무, 선비의 나무라 불린다

대호지 대나무

1919년 4월 4일 천의 장날
30자 대나무 끝에 태극기 걸렸다
대호지 광장에 모인 600명의 독립만세 물결
어둠 몰아내는 찬란한 횃불이 되었다

대나무 같은 우국충정의 힘은
배곯아 비어있는 속으로 북을 울리고
뼈마디 잘려 태워진 연기에
죽력의 창날들 다시 치솟아 세웠다

시퍼런 새싹들은 이미 알고 자란다
한꺼번에 쑥쑥 올라오지 않고
멈춤과 기다림 또 멈춤과 기다림
그 마디마디에 인고의 피울음 맺혀 있다

대호지 대나무 밭에 들어가면

바람도 쉬었다 가는 이유다

면천읍성 솟대

서둘러 소신공양을 말하지 말라
생의 화염 속에서도 내려놓지 않았던
뜨거운 바윗돌 하나
바위 위에 기대어서만 바위를 말할 일이다

고목 그루터기 하얗게 삭은
세월 풍상 위에 앉아
이제 가뿐한 마음으로 솟아 오르려 한다

한 줌 흙으로 돌아갈 때까지
고려 충렬왕이 피로써 지키고자 했던 땅
아직 동트지 않은 평지 위에
칠백 년의 바윗돌 지고 오는 사내 맞으려 한다

먼 길 에둘러 돌아온 읍성에
스스로 바위가 되어 얹혀 있다가

지혜의 땅 면천을 가로질러 나는 기러기 떼

솟대 위의 긴 기다림 마중하는 중이다

3부
용무치 밤바다

음섬 포구의 밤

폐선이 되어도 달리고 싶은 선박들의 이야기가
주인공이 된다
서해대교 조명등 환하게 켜지면
일억 오천만 전의 별들이 재생하는 플래시몹

해풍에 낡고 흙 속에 묻혀도
파도의 음향은 변함이 없고
뻘에 빠진 아랫도리의 기억은
손 흔드는 물결의 따스함을 거절하지 못한다

아직 끝나지 않은 사랑 이야기를 잇기 위해
단편은 또 다른 단편을 데려오고
암초에 걸려 무너진 범선은 또 한 번
시간의 굴레를 벗어나
뱃고동 길게 울리며 출발한다

The end는 없다

무한반복과 무결점 재생의 음섬 포구

난파되고 조난된 삶들을 구하기 위해

까치발 선 어둠도 자리를 뜨지 못한다

영탑사 가는 길

외길이다
가야 할 곳, 가야만 하는 곳은
운명의 노선 안에서 벗어나지 못한다

400년 넘은 느티나무 아래
비껴간 행운과 어긋난 인연과 다가올 미래
모두 내려놓아본다
뎅그렁 뎅뎅 대웅전 풍경소리
손 흔들며 떠난 과거의 사람들 불러오고
미처 발길 돌리지 못한 방향의 발자국들은
아직도 제자리걸음이다

영산靈山은 네 마음속에 있다고
마음의 손가락 가리키는 방향에서
약사여래가 빙긋 웃으며 합장하고 있다

＊영탑사란 이름을 가지게 된 유래는 고려 때인데, 보조국사(普照國師)가 현재 대방(大房) 앞에 5층 석탑을 세운 뒤부터 그 영험함으로 인해 영탑사란 이름을 붙였다고 한다. 그 뒤에는 무학대사(無學大師)가 천연암석에 약사여래상을 조각하고 절을 중건하였다 전한다. 수령 400년 이상 된 느티나무가 많은 절이다.

몽산 마룻길에서 만난 농게

붉은발 농게 몽산을 오른다
식사용 오른발 집게보다 위협용 왼발 집게가 더 크다
제 몸보다 더 큰 발 머리에 이고
입에 거품 무는 저 사장님

모두 제 집 하나씩 스스로 짓고 살아도
남의 집 뺏어 살아야 힘 센 줄 알았다
훈장처럼 붉은 집게발 딱딱 부딪히며
먹이 찾는 시간보다 제 분노가 더 긴
불투명 지갑들

끝없이 펼쳐진 개펄 세상
너는 네 집 짓고 나는 내 집 짓고
밀물소리 들리면 대문 걸고
물 빠지면 다시 빗장 열어
부지런히 내 몫의 흙을 삼키는 삶

이제는 화석이 된 농게인가

바짝 엎드린 산길에서
상처투성이 발을 벗는다
뽀글뽀글 거품이 올라온다

삽교호 갈매기

제 소속 잊은 갈매기

바람의 어깨 딛고 서서

민물을 지휘한다

당진 실핏줄의 근원지 삽교호

뜨거운 심장의 교향악 은빛으로 너울대는데

박자도 모르고 분탕치는

방파제 너머 바다갈매기

넘지 말아야할 선을 넘은

그 이전의 붉은 독수리

총 맞은 적도 있단다

용무치 밤바다

바다는 저녁마다 수평선 열어젖힌다

이글이글 불타는 섬 하나 낳고 싶어

시커먼 뭍 내놓고 온종일 기다리더니

어느새 출렁이며 혼자 젖어 있다

미끈하게 빠져드는 불덩이

파도소리 뒤틀며 해안가로 밀려오고

물새 떼 한꺼번에 치솟아 오른다

하늘 벽까지 튄 불꽃의 흔적

별빛으로 깜박깜박 빛나고

등허리 살짝 돌려주는 초승달 낯빛 하얗다

혼절하듯 물결자락 고운 용무치 밤바다

지금 태중이다

*용무치 : 석문면 장고항 포구와 왜목포구의 사이에 있는 포구로 '해안의 높은
둔덕' 용이 승천했다는 전설처럼 용뭍이 용무치로 변화하지 않았을까 추정됨

장고항 실치

바닷속 투명한 바람이었나
한때 거친 물살 가르고
그물 사이 자유롭게 드나들었을
그러나 짠물에는 결코 구속되지 않았을
오, 사뿐한 관능

34번 국도의 원점

아침마다 머무는 눈동자
더운 이슬로 씻어주는 꽃길 있다네
누구의 맑은 정성일까

매화꽃, 벚꽃 벙글어 봄을 알린 자리
금계국이 여름폭포로 쏟아지면
가을에는 코스모스와 칸나 층층이 눈부신
당진시 신평면 거산리
34번 국도의 원점

얼굴은 몰라도 꽃 심는 신평 면장님
손 한번 잡지 못했어도 꽃 가꾸는 손길에서
삼백예순다섯 날 웃음꽃 살피는 성심을 만난다네
눈길이 먼저 알아보고 마음으로 길을 내네

남원포 똑딱선

재 넘고 들길 걸어 반십리길 남원포에
똑딱선 한 척 마련했던 한 사내
소들평야 쌀 가득 싣고 인천 오가며
머리카락 드날리던 대장부 하나 살았네

양곡관리법으로 집에서 술 못 담그던 시절
제물포에서 처음 가져온 사내의 소주
독에 담긴 소주를 동네에 푼 날
막걸리처럼 마신 사람들 모두
움직이지 못하는 똑딱선 뱃고동 되었네

삽교호에 방조제가 들어서
이제는 정말 똑딱선이 멈춘 남원포

사내는 뱃길 그리워 날마다 소주를 마셨네
반십리길 돌아올 때는 얼큰하게 비틀거리던 그 사내

폐선처럼 쓸쓸히 사라진 그 자리에

어느덧 개망초만 무성하고

신암사 금동불좌상

십 리 안의 아홉 마리 용이 지키던 구룡사

용머리

덕머리

쪽지머리

방아머리

쇠창머리

나루머리

굴머리

서원머리

개머리에 사는 용

신암사로 절 이름 바꾸고

용들은 모두 진흙탕 안으로 들어갔어도

풍운의 뒤안길 걸어온

금동여래좌불상의 한결같은 자세

보이는 그 모습 그 자태로

하고 싶은 말씀 대신하고 있다

송악 황토감자

하지 무렵 감자를 캔다

한평생 밭에서 맨발로 쪼그려 사신
어미의 무릎 같고
아비의 팔꿈치 같은

끼니 때 되면 외지 나간 자식 걱정
밥은 굶고 다니지 않는지

파헤칠수록 얼굴 뽀얗게 내미는
토록토록 영근 황토감자
흙의 뼈다귀를 붙잡고 회임한
영광의 얼굴들 야무지다

택배로 부치려는 바쁜 손놀림에
하지의 태양 길게 누워준다

초락도 약쑥

하늘 아래 몹쓸 생명이 있을까마는
쑥대밭 폐허에 살아있음을 알리는
자궁근종이라는 혹 덩어리

차지할 곳이라고는 폐경의 쓸쓸한 언덕뿐이었는지
해저물녘에 찾아온 손님과 한솥밥을 먹는다

뭉툭하게 똬리 틀고 앉아
어린양이 되기도 했다가 바락바락 악을 쓰기도 하다가
떼어버리지도 키우지도 못할 업둥이처럼

초락도의 약쑥에게 데리고 간다
어르고 달래어 잠들게 하는 맨살 어머니의 환생
조금씩 아랫배가 조용해진다
살았는지 죽었는지 모를 내 안의 두려운 생명 하나

안섬 용바위

금이야 옥이야 내 아들아
너의 입속에 고기반찬 넣어주마
세상 모든 가시 발라 고운 살만 먹여주마

풍랑에 떠내려가면서도
삼치 한 마리 품에서 놓지 못하고
오물오물 밥 먹을 아들 입만 생각했네

힘 센 삼치 지느러미 아비 가슴을 치고
거센 폭풍 아비의 이마를 때려도
끝까지 놓지 못하는 자식 사랑

물살에 휩쓸려 숨이 가라앉고
죽을힘 다해도 버티지 못한 건
그저 가볍디가벼운 생목숨이었네

아비의 육신은 승천하고
못 다한 자식 사랑은 이승에 남아
바위 되어 지켜주고 있다네
내도리 안섬 용바위

천의의 매향埋香

강물과 바닷물 만나는 너른 개펄 속에

그대와 나의 굳은 언약

꼭꼭 새겨 파묻은 향나무

이승에서 이룰 수 없는 사랑

그대는 학이 되어 하늘을 헤엄치고

나는 거북이 되어 바다를 날다가

천년이 되는 날

강철보다 단단해진 향나무

두드리면 쇳소리 들리는 침향 떠오를 테지

뭍에서 태우는 천년의 약속

하늘로 오르는 향의 축제 속에 이루어질 테지

코로 듣는 그 향기

*매향 : 안국사지 석불입상 뒤 배바위에는 매향비문(埋香碑文)이 새겨져 있
다. 매향이란 미륵신앙과 연관되는 풍습으로 바닷물이 유입되는 물가에 오
래 묵은 향나무의 속심을 묻는 의식이다.

충장사의 무궁화

님의 흔적 간 곳 없고
정묘호란 때의 안주성 화약 연기만 가득하다

임금이 벗어주었다는 곤룡포에 마음이 팔려
적을 유인하여 자폭한 남이흥 장군의
살신성인이 보이지 않았다

아직 살아있는 무덤 그 눈부신 봉우리
무궁화가 세 계절을 지키고 나면
마지막 계절에는 그 뜻만으로
횃불 되어 지켜지나니

안국사지 돌 남자

세상 밖에서는 법 없이도 살 사내
세상 안으로 들어오면
법이 지켜주어야 살 사내
평생 돌바닥에 엎드려 정을 쪼며 살았네

돌덩이 상처 어루만지며
차가운 돌에 온정의 목소리 불어넣으며
바윗돌 눈물 닦아주다 쓰러져
돌로 굳어버린 석수장이

석공의 아들
아버지가 쓰던 정과 망치를 들었네
아비의 모습 돌기둥에 새기고
비바람으로부터 제 아비 보호할
천개(갓) 하나 만들어 씌웠네

죽어서 처음으로 반듯하게 펴본 허리

살아생전 써보지 못한 면류관 쓰고

세상에서 가장 따뜻한 목소리로

이승 사람들의 억울한 눈물 닦아주고 있다네

안국사지 돌 남자

신평 돌미륵

누가 옮겼을까, 저 산을
아직 식지 않은 용암덩어리
1428년에 세운 신념이다
때로 말로 내뱉지 않아도
연면히 내려온 자세가
더 무거운 말이 될 때 있다
뭉클뭉클 활화산의 언어는
지금까지 끓어오르고

채운포 석교비

나 언제쯤 돌아갈까

내 안의 묵은 슬픔

억겁의 인연들과 함께

모두 비워버리고

무심만 남아 무심하게

오래된 내일 같은

원점으로의 귀향

*채운포석교비 : 당진읍과 고대면을 이은 나무다리를 돌다리로 바꾸고 이를
기념하여 놓은 빗돌로 1688년 세워졌으나 1960년대에 옮겨져 현재는 탑동초등
학교 옆 대동다숲아파트 상가 쪽에 있다.

채운교의 초가을

굶주리고 배고픈 사랑거지가 되어
채운교 다리 밑을 서성인다

백로들 소복하게 내려앉는 채운뜰
도지로 빌려 얻은 땅에도 새는 날아들고
햇살은 아직 들판에 넉넉하다

익지 않은 벼 포기 사이로
메뚜기 뛰어다니고
잠시 홀가분해지는 마음 귀퉁이

많아서 나누어 주는 것은 적선이고
나도 아까운 것 떼어주면 자비라 하던가

한 사람에게 넘치는 마음 들키지 않으려
꼭꼭 싸놓은 사랑의 수전노였다는 걸

채운다리에서 뒤늦게 깨닫는다

*채운교 : 당진읍과 고대면을 잇는 다리로 채운이라는 덕이 많고 어여쁜 아가씨가 홀어머니를 도와 여관을 운영하며 상인들이 불편해 하는 냇가에 다리를 놓았다고 한다.

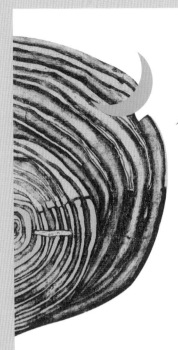

4부

신리 성지의 아메바리아

대호방조제 유채꽃

존재앓이에 가슴 시린 봄날
대호지 방조제 따라 피는
유채꽃길 걷는다

콘크리트 벽 넘어온 해조음은
세상에 넘지 못할 장벽 어디 있느냐고
봄날의 발목 넌출넌출 휘갑쳐 주저앉히고

황해를 건너온 바람결
도비도로부터 참빗질한 가르마 끝에
소용돌이로 눌러버린 노란 꽃가마

일제히 쓰러졌다 일어서는
아찔한 봄나비 떼
봄. 나비. 떼.

푸레기 마을의 꽃

풀잎 하나 떨어져
섬이 되었다

꽃씨 하나 얻으려
그 섬에 떨어졌다

진초록의 섬에 평생
꽃으로 사는 아이들이다

솔뫼의 십자가

덕을 모으는 마을 언덕에 등 굽은 소나무들
바라지창 향해 무릎 꿇고 있다

피 흘리며 지켜온 믿음이 새어나가지 않게 하소서
땀 흘리지 않는 자 침묵하게 하시고
사랑을 지키지 않는 자 엎드리게 하소서
평생 한 곳만 바라보고
늘 같은 마음으로 스스로의 삶 안에 머물게 하소서

시간을 벗어나야 얻을 수 있는
어제와 내일의 묵주는 어디에 있는지 묻지 마소서

발등에 꽂힌 십자가 무거워
첨탑의 대답 없는 종소리로 나이테 새기며
기도하는 소나무들

＊솔뫼성지: 우리나라 최초의 신부인 김대건 신부 생가지

도비도 선착장

대호만 방조제 끝에 누운
섬 아닌 섬 도비도 선착장
그 앞에 서면 딱 두 종류의 사람들 있다
오는 사람 그리고 가는 사람

밟지 않고 지나갈 수 있는 것 있을까
짓이기고 떠난 사람들은 기억하지 못해도
가슴 한복판에 찍힌 숱한 발자국들
남아있는 시퍼런 멍 지우려
파도는 또 달려오는가 보다

아프지 않고 누구를 건네줄 수 있을까
다른 세상으로 향하는 다리가 되어
닳고 닳은 팍팍한 가슴 내밀어본다
부서지는 하얀 물거품
베갯잇처럼 젖는 도비도 선착장

나라사랑공원의 아침

철마산 해가 오르면

나라사랑공원 빗돌에 새겨진 이름들

깨진 유리 위에 서서 악몽을 털어낸다

죽일 듯 죽을 듯 달려드는 전쟁터

불발된 포환은 언제 터질지 모르고

캄캄한 사방은 온통 지뢰밭이다

탄환도 없이 빈 총부리로 내던져진 채

벌이는 사투의 전장

적군의 포위망 속에서 고지 탈환을 위해

끝까지 싸우다 깨어났다

잘린 다리는 유독 발가락이 쑤시고

머리 없는 시신은 두통에 잠을 설치던 밤

새날이 밝으려면 영혼도 환상통을 앓는다

함상공원에 뜬 별

한 걸음 뒤로 물러서면 보인다
시간의 흐름 뒤에서 외곽에 반짝이는 별들

상처를 계급장처럼 달고 돌아온
삽교호의 구축함과 상륙함 위에도 하늘은 있다

퇴역한 미래는 더 빛나야 하고
생의 끝에서 돌아오면
누구나 훈장이 되어야 하지 않겠는가

깊은 바닷속 궤도에서 이탈한 은비늘들
이미 마비된 지느러미를 달고
죽음을 길들이며 돌아오는 중이다

장고항 용천굴

바닷물 속 깊이 대나무 드리우면
물고기가 피리를 분다

육지로 뛰쳐나가고 싶은 욕망이었을까
밤마다 장고항 트리톤은 국화도에 앉아
바위 뚫고 승천한
검은 용의 이야기를 읊조리고

그 용천굴에 서 있으면
하늘에서 내려오는 대나무
한 번도 들은 적 없는
레퀴엠의 곡조 흥얼거린다

내가 버린 사랑이 내게 들어와
이제는 고요히 떠나가고 싶은가 보다

*트리톤 : 바다의 신 포세이돈(Poseidon)과 바다의 정령(精靈) 암피트리테의 아들. 하반신이 물고기인 인어 모양으로 바다가 잔잔할 때는 물 위로 나와 소라고둥을 분다고 한다.

부흥사 언덕길

할머니 하얀 동정 깃 따라 손 넣으면
잘 묵은 탱자꽃술 향기 톡톡 터지던
나지막한 젖가슴길

치마꼬리 붙잡고 뱅뱅 돌던
초파일 탑돌이는 꿈결에 아득하고

세상사 어지러울 때마다 찾아가면
빈 젖 내놓고 기다리는
부흥사 언덕길

무르팍 깨지게 뛰어 달려가면
호호 단입술로 불어주며
흙 알갱이 털어주는 그 작은 길

흥국사 범종소리

발 묶여 범종 몸 안에 맴돌던 소리
당좌 깨치고 나온 새벽녘

연꽃 잎사귀에 이슬로 맺혀 구르다가
외양간 어미 소 눈망울에 고이다가
싸리나무숲 사이 참새 날개에 얹혀
밥 연기 모락모락 피어오를
사랑채 굴뚝에 앉았다가

장독대 정한수에 모이는 기도 듣고는
동그르르 물수제비 뜨다 사라지는
길 떠난 범종소리

해 돋고 해 저무는 마을

소금이 반짝인다
희망이 뜨는 방향 11시
시력이 사라진 두더지에게도
빛의 방향은 살아있어
왜가리 모가지처럼 긴 목을 하고
돛을 올린다

세월의 풍랑은 멈추지 않는 법
삶의 해답은 원래 없는 법이어서
소금을 찾기로 한다

비스듬하게 솟아오르는 태양일지라도
닿을 수 없는 곳 없다
머리 위에서 반짝였다 다시
머리 위로 지는 태양에
나를 말려보기로 한다

고들고들 육각의 결정체들이

왜목마을로 모여들고 있다

옥녀봉에 해질 무렵

대지의 양수가 잠잠해지는 시간
어머니와의 탯줄 잇는 소리에
가장 먼저 태어난 귀가 눈 뜬다

아가를 부르는 지상의 목소리에 깨어나고
젖 물리고 바라보는 눈길에 귀가 트여
솜털 벗어가는 옥녀가 있었다

꽃씨 재우고 바람을 업어주다가
빛과 땅을 바꾸려는 창호지 너머 이야기 듣고 말았다
가난의 올가미에 걸려 발목 죄어오는 전날 밤
아예 목을 매어 하늘로 올라간 옥녀

어디선가 선혈 낭자하는 동백꽃 지고
초경을 치루지 못한 옥녀의 달거리는
저녁마다 옥녀봉에 흐르는데

귀가 더 가려운 시간

아직 돌아오지 못한 말들은

지금쯤 어디에 쌓여 있으려나

백련 막걸리의 저녁

초승달 희미하게 떠오르는 저녁답

볼우물에 풀벌레 울고

달빛 향기 소르르

모시치마 끌며 문턱 넘으면

소래기안 정화수에 하얀 연꽃잎

권주가로 몇 장 띄워 놓고

별님들 불러다 벌이는 술잔치

하얀 나신의 속살은 눈이 부신데

벗어도 벗어도 아직 남은 속이야기는

아슴아슴 밤새 은하수로 흐르고

궁터의 오소리

물러서는 법 없다

움츠릴망정 쓰러지지는 않겠다는 저 오기

작은 숲에 살아도 검은 손길은 받은 적 없다

아무리 나무를 베어봐라

땅 속에 들어가 흙만 먹고 살아도

아니, 새끼들과 굶어 죽더라도

나는 나를 망가뜨리지 않으리라

로드킬 당할지라도 내 삶의 터전을 위해

끝까지 나는 나하고 살리라

굽히거나 굴하지 않는 궁터의 오소리로 살리라

＊궁터 : 신평면 남산리에 소재

해나루의 당학이

무엇을 품고 있나
아미산인가 면천 저수지인가
가슴에 무엇을 품느냐에 따라 달라지는 생의 온도다
이마에 온도계 꽂은 당학이

절망과 희망은 같이 다닌다는 것을
흑백의 깃털로 보여주며
떼어낼 수 없는 어둠의 끝에도 새벽은 온다고
해나루의 가로등마다 지키고 섰구나

이름이 바뀌고 세월은 오간 데 없어도
천년의 바람 지휘하며 날고 있는 학의 뜻
찬란한 봄꿈은 겨울에 꾸는 것이란다
꿈은 심장에 품어야 더 뜨거운 것이란다

대길사 불화(佛畵) 앞에서

더 부술게 남아있는가
백팔 염주에 써레 묶어
마음밭 경전을 일군다

빗살이 없다

가루고개의 지네와 우렁이

소금 삼천 가마를 냇물에 풀라
명당 알아보고 태어난 별들
더 오래 더 멀리 반짝이느니

대호지 가루고개 넘으면
금계가 알을 품고 있는 못자리 있어
앞산 지네와 냇가의 우렁이가 알아보고
서로 으르렁거렸단다

집채만 한 우렁이와 집채만 한 지네가
살 수 있는 곳이 천혜의 땅 아닌가
소금에 몸 뒤틀다 죽은 자리가
다시 산이 솟고 저수지가 패였다는
지네산

생의 비밀번호가 궁금할 때

세모의 꼭짓점을 이어본다

금계, 지네, 우렁이

그 안에 서면

생애 피라미드 명당에 있는

북극성이 보인다

망객산望客山과 김복선

율곡 이이와 토정 이지함이
신평의 천인 김복선을 찾아 묻는다

일본이 준비하는 전쟁(임진왜란)을 막으려면
어떻게 해야 하는가?

축지법으로 온 세계를 누비던 김복선이
대답한다

인신년상사寅申年喪事에 왜 임진년(1592년)을 걱정하십
니까?

천간天干과 지지地支가
이지함은 무인년(1578년)에
이이는 갑신년(1584년)에 끝이 날 것을
미리 알았던 선인

산마루에 올라가 오래오래

손바라기望寄 하는 등짐장수는

오늘의 풀잎 냄새에 몸을 씻는다

신리 성지의 아베마리아

죽기 위해 조선의 카타콤으로 왔나이다
죽음을 가장 두려워하는 사람들을 위하여
죽음을 위하여 붙잡혀주었나이다

천주의 뜻대로 삶도 생도 죽음도 이루어지나니
머리카락 한 올 손톱이 자라고 빠지는 섭리까지
천주와 함께 하나이다

박해가 두렵지 않나이다
피흘림이나 고문, 작두칼이 무섭지 않나이다
천주를 배반하는 두려움이 몇 천배는 더 크나이다
우리가 죽고 난 다음 천주님의 뜻을 펼치지 못함이
몇 만 배는 더 고통스럽나이다

다블뤼 주교, 오메트르 신부, 위앵 신부, 손자선 토마
스, 황석두 루카

신의 대리자들로 살다간 이 땅의 순교자들
또한 이름 없이 사라져간 신의 형제자매들
은총 깊으신 마리아여!
그들의 묵주와 십자가를 이끌어주시고
그들 피의 영광을 영원히 품으소서

영원을 향한 찬가

방민호

영원을 향한 찬가

—『살어리 살어리랐다—해나루 당진별곡』

방민호(서울대 국문과 교수, 문학평론가)

1

옛날부터 시 가운데에는 찬가라고 하는 것이 있어 왔다. 그것은 신의 위대함을 기리는 노래였고, 신에게 공물을 드리며 뭇사람들이 함께 부르는 노래였다. 그와 비슷한 것으로 송시라는 것도 있어왔으니 그것은 사람이나 사물의 어떤 훌륭함을 기리는 노래를 말하는 것이었다.

필자는 박미영 시인의 이 시집에서 그러한 찬가 또는 송시의 전통이 또렷하게 계승되어 있음을 본다. 한 마디로 이렇게 일관되고 끈질기게, 하나의 장소에 속한 바다와 땅과 그곳에 깃든 사물들, 생명들을 높이 노래한 시집을 찾아보기 힘들다.

옛날 일제강점기에 한용운은 시집『님의 침묵』을 통하여, 떠나버렸으되 시인 곁에 그대로 임재해 계신 님을 향한 찬양의 노래를 지었고, 모윤숙도 빼앗긴 강토 조선을 위해『빛나는 지역』이라는, 100편 넘는 시들을 수록한 시집을 낸 적이 있다. 해방 후에도 찬가 또는 송시의 전통이 아예 단절되었다고는 할 수 없다. 예컨대 김용호 시인의 서사시집『남해찬가』(인간사, 1957)는 이순신의 영웅적 행적을 장려하게 노래한 것이다.

그러나 시대를 따라 내려오면서 숭고함을 기리는 노래의 전통은 자못 영성해진 바 없지 않다. 그리고 이는 필시 우리 세계가 비속함과 속물성에 일층 더 잠식되어가는 것과 관계가 있다. 종교적인 노래들이 화석처럼 굳어가는 것과 같이, 성스러움은 먼 과거와 초월적인 세계의 일로 치부되고, 현재적 현실 속에서 시인들은 자신들이 진정으로 경배 드려야 할, 살아있는 존재의 부재를 나날이 경험하고 있다고도 말할 수 있다.

그러나 이러한 부재의 경험이야말로 이 시대 시인들의 능력의 결핍, 다시 말해 경배 드려야 할 대상을 발견할 수 없는, 내면적 황홀감의 결핍을 시사하는 것이라 할 수 있다. 이 세상의 모든 것이 정녕 마음의 작용이라

할 때, 찬가를 부를 수 없는 세상이란 그것을 지을 수 없는 시인의 영혼의 결핍을 시사하는 것 이상의 아무것도 아니라 할 수 있다.

필자는 박미영 시인의 이 시집을, 이러한 시단을 배경으로 하여 아름답게 솟아난 찬가의 시집이라 단정하고자 한다.

이 시집 전체를 통하여 시인은 당진이라는 특정한 장소에 대한 사랑을 일관되게 이행해 보인다. 우리는 그것을 장소애, 즉 토포필리아의 일종이라고 간단히 치부해 버릴 수도 있다. 그러나 그 밀도, 그리고 열도에서 이 시집에 나타난 사랑의 감정은 단순한 사랑이라기보다는 그 숭고함을 향한 진정한 숭배, 찬송에 가깝다고 말할 수 있다. 이것은 단순하고도 우연한 현상으로 나타난 것이 아니요, 시인 자신의 마음속 깊이 자리잡은 장소애가 그 숭고함의 발견, 놀라움, 깨달음, 내면화로까지 나아간 것이며, 그것을 표현하고자 시인 자신이 오랜 시간을 들여 깎고 다듬은 노력과 인내의 소산이다.

필자는 이 시집이 나오기까지 시인이 들인 시간의 정성을 가볍게 여길 수 없다. 그것은 실로 하나의 방향을 위해 나머지 것들을 희생하고 자기 자신을 절제한 과정

이 아니면 무엇이었을까.

2

고향이란 무엇인가. 그것은 깊이 들어갈수록 간단치 않다 공간과 장소를 구별하여 말하는 어떤 이론에서는 공간이란 어떤 사람의 경험이 개재되지 않는 추상적인 곳을 의미하는 반면, 장소란 구체적 경험이 수반된 곳, 그로부터 그곳을 향한 경험자의 감정이 혼재되지 않을 수 없는 곳을 의미한다.

그렇다면 고향은 그러한 장소적 개념을 가장 단적으로 충족시키는 곳이라 할 수 있다. 자신이 태어나 자란 곳, 부모와 조부모, 일가친척들, 같은 사투리를 쓰고 같은 물상들을 바라보고 겪으며 살아간 사람들이 있는 곳, 슬픔과 기쁨, 고통과 환희가 함께 숨쉬고 있는 곳, 시각만큼이나 냄새와 소리와 맛과 촉감이 몸의 기억으로 새겨져 있는 곳, 이곳이 바로 고향이다.

그러나 고향은 그것 이상이다. 고향은 그가 누구든 그로 하여금 돌아가고 싶도록 만드는 곳이며, 그곳에

돌아가 고요히 섰을 때 비로소 정신적 안정을 취할 수 있는 것으로 기대되는 곳이다.

따라서 그곳은 마치 그대가 옆에 있어도 나는 그대가 그립다는 식으로, 바로 여기에 존재한다 해도 강력한 향수, 회귀열을 불러일으키는 곳이며, 영원히 회복될 수 없는 염원의 땅이다. 바로 이러한 의미에서, 이 시집은 다른 무엇보다 시인 자신의 삶이 뿌리 내리고 있는 터전을 향한 헌사라고 할 수 있으며, 이표징들을 필자는 시집 곳곳에서 발견하게 된다.

이 가운데 특히 몇몇 시들은 시인의 성장 과정에 깊이 뿌리 박힌 생생한 기억들을 오롯이 담아내고 있어 특히 인상적이며, 「성구미 포구」나 「부흥사 언덕길」은 그 대표적인 사례라고 할 수 있다. 이 두 편의 시들을 여기에 다시 한 번 옮겨본다.

(가) 「성구미 바다」

구름 낮게 드리운 날
내 몸 어딘가에 은빛 지느러미 붙어있어

바다 쪽으로 헤엄쳐가는가 보다

갈매빛 물결에 콧바람 섞어가며

어느 낚시꾼 바늘코가 쓸쓸한지

아가미 슬쩍 벌려주려 하는가 보다

흠칫 놀라는 척 갈대꽃 옆으로 길을 열고

한꺼번에 달려오는 노을도 이 바다에서는

누구나 아는 체하는가 보다

비오는 날 우산 받쳐준 팔뚝 굵은 그 남자와

첫 아이스크림 먹여준 눈빛 고운 그 아줌마랑

무르팍의 핏물 닦아준 어느 할머니가

마중 나와 기다려주는 곳

나는 은빛 비늘 몇 개 떼어놓고 걸어오는 것이다

성구미 그 바다에서는

(나) 「부흥사 언덕길」

할머니 하얀 동정 깃 따라 손 넣으면

잘 묵은 탱자꽃술 향기 톡톡 터지던

나지막한 젖가슴길

치마꼬리 붙잡고 뱅뱅 돌던

초파일 탑돌이는 꿈결에 아득하고

세상사 어지러울 때마다 찾아가면

빈 젖 내놓고 기다리는

부흥사 언덕길

무르팍 깨지게 뛰어 달려가면

호호 단입술로 불어주며

흙 알갱이 털어주는 그 작은 길

  (가)의 「성구미 바다」와 (나)의 「부흥사 언덕길」은 시인의 유년 시절의 경험들을 풍경화처럼 보여준다. 그 옛날 이 시들의 화자인 시인은 성구미 포구나 부흥사에 갔었으며, 거기서 머릿속에 몽타주처럼 찍혀 있는 아련한 일들을 겪었고, 이는 시인으로 하여금 마치 원점을 향해 돌아가는 회유성 물고기처럼 삶의 길목에서마다 번번이 그곳으로 되돌아가게 한다.

  그리하여 이 시집에 나오는 장소들은 마치 종교적 순례자의 성소와 같은 의미를 지닌다. 이 시집의 노래들은 그러한 장소를 향한 찬가로서의 의미를 지니게 된다. 이러한 장소애의 시들과 관련하여 필자는 이 글에 굳이 남겨놓고 싶은 사연이 하나 있다. 그것은 이 시집에 실린 시 「면천 두견주」에 관한 것이다.

지금은 세상에 안 계신 필자의 외할머니가 바로 면천 박씨였고, 그중에서도 면천 양조장 집안에서 예산, 그중에서도 덕산으로 시집 온 여인이었다. 이 시집의 주제를 이루는 당진과 예산은 어깨를 붙이고 나란히 서 있는 땅이었다. 그렇다면 필자가 이 글을 쓰게 된 것도 단순한 우연이라고만은 할 수 없으리라.

3

그런데 이 시집에 담겨 있는 노래들을 찬찬히 살펴보면, 이 시집이 개체적 경험을 노래하는 차원을 훌쩍 뛰어넘고 있음을 깨닫게 된다. 이를 잘 보여주고 있는 것이 신화와 설화들, 역사적 경험들을 시들에 적극적으로 수용하고 있는 현상이다. 이러한 맥락에서 살펴볼 수 있는 시들이 아주 많은데, 이를 세 가지 유형으로 나누어 그 대표적인 시들을 제시해 보면 다음과 같다.

(가)「노적봉의 태양」

해와 달은 원래 한 몸이었네

둘이 포개져 숨어있던 어둠 속에

마고할미가 눈을 떴네

하품에 놀란 해와 달이 서로 떨어지자

기지개를 켜서 손톱으로 하늘을 갈랐네

서쪽 하늘로 밀려난 달이

동쪽 하늘로 튕겨나간 해를 따라갔네

해와 달은 서로 전력 질주하느라

수평선과 지평선에서만 만날 수 있었네

치마로 돌 날라 산과 바다 만들던 마고할미

당진 왜목의 노적봉에 앉아

바람과 비를 불러내었네

부지런히 뒤꽁무니만 쫓던 해와 달도

왜목에서는 빗소리 바람소리에 한 몸이 된다네

바다 한 끝에서 떠올라 다른 끝으로 지는 해

달이 치마끈 풀어 안고 물속으로 잠긴다네

(나)「오룡산 백사」

태생이 꽃뱀이다

산삼 잎사귀 이슬 두 모금이면

백사가 된다는 전설 따라

다섯 용이 지키는 오룡산 자락으로 들어왔다

서원사 예불소리에 따리 풀고

비늘몸뚱이 바위에 문지르며

죄 많은 허물 벗고 싶었다

평생 배밀이로 기어 다니는 수모도 부족해

남의 발꿈치나 탐내는 치욕까지 얹어

세상에 빚지고 살 수는 없지 않은가

두 눈 붙여본 적 없다

산삼 향내 찾아 국사봉과 팔아산 송악산 옥녀봉까지

용의 발톱 피해가며 이슬만 찾은 시간이다

드디어 산삼을 발견했을 때

이미 늙어빠진 백사가 되어 있었다

스스로 생의 순례자가 되어 있었다

(다) 「소들평야」

후백제 군마의 울음소리 들린다

넉넉한 땅이 있고 물 있어

바람까지 덕을 모으는 곳

견훤은 이곳에서 어떤 기도를 드렸을까

등 구부리고 내리 살피는 소나무 향기와

우기일수록 더 곧게 뻗어나는 대나무 마디로

이 기름진 땅의 주인이 스스로임을 알게 하소서

자운영꽃 보랏빛으로 고개 내밀 때

해나루 첫 모내기가 열리는 너른 들판

초록의 땅에 희망을 이식하는 이앙기 소리

들리는가

햇살 따사로운 소용돌이에

견훤의 못다 이룬 마지막 꿈

색동의 아지랑이로 피어오를 날 멀지 않았다

(가)의 「노적봉의 태양」, (나)의 「오룡산 백사」, (다)의
「소들평야」는 각기 신화, 전설, 역사가 생생하게 깃들어
있는 당진의 여러 곳을 소재로 삼은 시들이다.

먼저, (가)의 「노적봉의 태양」은 해와 달을 생성시키고
산과 바다를 만드는 마고할미라는 창세신에 관련된 이
야기를 노래하고 있다. 노적봉에 얽힌 이 노래는 설화화
되어 가는 거인할미 신화의 보편성을 드러낸다. "치마로
돌 날라 산과 바다 만들던 마고할미"라는 시구는 이 노
래가 우리나라 전역에 흩어져 있는 마고라는 거인할미
이야기가 당진의 노적봉에도 뒤얽혀 있음을 보여준다.

이 거인 마고할미 신화에 관해서 말하자면, 마고라는
이름은 중국에도 있지만 그 형상이나 행적이 한국의 것
과는 완연히 다르다고 한다. 이는 한국의 마고할미 신
화가 지극히 민족적인 독자성 또는 변이형태를 가지고
있음을 시사한다.

연구들은 이 마고할미가 한반도 전역에 걸쳐 다양한
이름과 행적으로 변형되어 나타나고 있음을 알려준다.

필자는 제주도 설문대 할망으로까지 변형되는 그런 거인할미 가운데 하나인 노구할미에 관해서 일찍이 관심을 가졌었다. 지리산 노고단은 지명과 관련해서 노고할미에 얽힌 이야기를 가지고 있고, 같은 맥락에서 채만식의 소설이나 희곡은 노구할미를 등장시키곤 했다.

노적봉에 얽힌 마고할미 신화는 따라서 당진이라는 고장의 민족적 보편성을 드러내면서 우리의 상상력을 해와 달, 바다와 산이 생겨나는 태초의 시공간으로 이끌어 간다.

필자는 이런 신화적 노래가 자아내는 신비스럽고도 아름다운 분위기에 마음이 움직임을 느낀다. 박미영 시인은 신화적인 이야기를 산문적인 차원에 머물러 있게 하지 않고, 읽는 이들의 마음을 노적봉이며 왜목 같은 물상들, 지역들에 자연스럽게 맞물릴 수 있도록 해준다.

그와 같은 노래로서, 전설적인 이야기를 시에 이끌어 들인 (나)의 「오룡산 백사」, (다)의 「소들평야」를 생각해 볼 수 있다.

(나)의 「오룡산 백사」는 꽃뱀으로 태어나 죄 많은 허물을 벗고 새로운 몸으로 환생하려 했던 뱀의 전설을 노래하고 있다. (다)의 「소들평야」는 백제 융성의 한을

끝내 이루지 못한 영웅 견훤에 얽힌 역사 이야기를 노래로 전달하고 있다.

이와 같은 여러 유형의 시들은 이 시집이 박미영 시인의 개체적 경험과 기억의 차원을 넘어서는 이야기들로 직조되어 있음을 보여준다. 시인은 그럼으로써 개인 사적 존재에 머물지 않는 보편성을 향한 존재론적 비약을 성취한다. 이러한 비약이 아주 귀한 것은 우리가 사는 현대가 이런 보편적 유대를 상실하고 있고, 민족 또는 한반도적 삶의 유대의 한 고리이자 파편에 불과할 뿐인 개인들이 스스로를 완전한 존재로 착각, 오인함으로써 바닷가의 모래알들과 같이 덧없는 존재들로 변모해 가고 있기 때문이다. 우리는 공동체가 오래 공유해온 기억을 다시 나누어 가짐으로써 그와 같은 덧없는 변모를 지연 또는 방지할 수 있다.

필자가 보건대 당진은 지금 무서운 변화 속에 놓여 있다. 이 변화는 현대경제로 보면 바람직하게 느껴질 수도 있겠지만 공동체적 유대라는 측면에서는 그야말로 파괴를 넘어 파멸적인 것이라고 말할 수도 있다. 이러한 상황이 이 시집의 가치를 더욱 돋보이게 한다.

이 시집은, 그럼에도, 단순히 고향의 가치를 노래하거나 그에 얽힌 이야기들을 평면적으로 옮기는 시집들과 다른 차원을 확보하고 있다는 것이 필자의 생각이다.

이 시집의 주인은 뛰어난 운율감각과 이미지화 능력의 소유자다. 필자는 박미영 시인이 당진이라는 장소 곳곳을 조밀하게 밟아나가는 성실한 구성에도 불구하고 그 한편 한편마다 부주의한 구성이나 마무리가 없고, 시로서의 미학적 완성을 성취하고 있음에 주목한다. 예를 들어 다음의 시들을 살펴보자. 인용하는 시들이 다소 많은 것은 이 시집의 빼어남을 가급적 다양한 방면에서 확인해 보기 위함이다.

(가) 「장고항 실치」

바닷속 투명한 바람이었나
한때 거친 물살 가르고
그물 사이 자유롭게 드나들었을

그러나 짠물에는 결코 구속되지 않았을

오, 사뿐한 관능

(나) 「초락도 약쑥」

하늘 아래 몹쓸 생명이 있을까마는

쑥대밭 폐허에 살아있음을 알리는

자궁근종이라는 혹 덩어리

차지할 곳이라고는 폐경의 쓸쓸한 언덕뿐이었는지

해저물녘에 찾아온 손님과 한솥밥을 먹는다

뭉툭하게 똬리 틀고 앉아

어린양이 되기도 했다가 바락바락 악을 쓰기도 하다가

떼어버리지도 키우지도 못할 업둥이처럼

초락도의 약쑥에게 데리고 간다

어르고 달래어 잠들게 하는 맨살 어머니의 환생

조금씩 아랫배가 조용해진다

살았는지 죽었는지 모를 내 안의 두려운 생명 하나

(다) 「안굴사지 돌 남자」

아버지가 쓰던 정과 망치를 들었네
아비의 모습 돌기둥에 새기고
비바람으로부터 제 아비 보호할
천개(갓) 하나 만들어 씌웠네

죽어서 처음으로 반듯하게 펴본 허리
살아생전 써보지 못한 면류관 쓰고
세상에서 가장 따뜻한 목소리로
이승 사람들의 억울한 눈물 닦아주고 있다네

(라) 「신리 성지의 아베마리아」

죽기 위해 조선의 카타콤으로 왔나이다
죽음을 가장 두려워하는 사람들을 위하여

죽음을 위하여 붙잡혀주었나이다

천주의 뜻대로 삶도 생도 죽음도 이루어지나니
머리카락 한 올 손톱이 자라고 빠지는 섭리까지
천주와 함께 하나이다

박해가 두렵지 않나이다
피흘림이나 고문, 작두칼이 무섭지 않나이다
천주를 배반하는 두려움이 몇 천배는 더 크나이다
우리가 죽고 난 다음 천주님의 뜻을 펼치지 못함이
몇 만 배는 더 고통스럽나이다

다블뤼 주교, 오메트르 신부, 위앵 신부, 손자선 토마
스, 황석두 루카
신의 대리자들로 살다간 이 땅의 순교자들
또한 이름 없이 사라져간 신의 형제자매들
은총 깊으신 마리아여!
그들의 묵주와 십자가를 이끌어주시고
그들 피의 영광을 영원히 품으소서

위에서 필자는 모두 네 편의 시를 인용했다. (가)의

「장고항 실치」는 시상을 입축해서 제시할 수 있는 능력을 봄이요, (나)의 「초락도 약쑥」은 시적 대상을 화자의 삶에 밀착시켜 표현하는 진정성을 봄이다. 또 (다)의 「안국사지 돌 남자」은 산문적인 이야기를 시적인 아름다움으로 승화시키는 능력을 다시 확인함이요, (라)의 「신리 성지의 아베마리아」는 성스러움, 숭고함을 그것 자체로 받아들여 경배를 드릴 수 있는 시인의 겸허를 드러냄이다.

이 시집을 통괄해 보건대 박미영 시인은 당진이 낳은 딸로서 이 장소의 삶과 자연과 역사를 시적인 차원으로 승화시킬 수 있는 천부의 재능을 타고났을 뿐 아니라 인내와 탁마로써 자신이 염원하는 세계를 중단없이 실현해 가는 지속성, 일관성을 겸비하고 있다.

그러나 필자가 여기서 다른 무엇보다 중요하고 가치롭다고 생각한 것은 속된 인간의 생활보다 영원하고 숭엄한 것을 발견하고 이를 위해 자신의 시적 재능을 기꺼이 헌납할 수 있는 겸허 그 자체다. 이것이야말로 우리가 지금 겪어가고 있는 현대성의 위기를 견뎌 초극할 수 있는 능력이다.

오늘날 이 필자가 성장과정에서 보았던 당진, 그 해

나루의 목가적 기운들은 하루가 다르게 변모해 가고 있다. 이 덧없음 속에서 영원한 것, 보편적인 것을 발견하고 놀라워하고 노래할 수있는 시인이라면, 또 다른 그 어떤 시적 성취도 이루어 낼 수 있으리라 믿는다.